El Gato con Botas

Por Charles Perrault
Traducido y adaptado del Francés al Inglés por Eric Suben
Ilustrado por Luncinda McQueen
Traducido del Inglés al Español por Guadalupe Castillo Pérez
a través de Editorial Trillas, S.A. de C.V.

A GOLDEN BOOK • NEW YORK

Western Publishing Company, Inc., Racine, Wisconsin 53404

Había una vez un pobre molinero que tenía tres hijos. Cuando llegó la hora de dividir sus bienes entre ellos, sólo tenía tres cosas que podía repartir: un molino, un burro y un gato. Al mayor de los hijos le dejó el molino, al segundo el burro y al más joven el gato.

   -¿De qué sirve un gato? -gimió el más joven-. ¡Estoy seguro de que moriré de hambre!

El gato escuchó estas palabras.

-No te preocupes amo -dijo el gato-. Sólo dame un saco y un par de botas, y verás que las cosas no están tan mal como piensas.

El amo sabía que el gato era listo, pues había visto las cosas increíbles que hacía para cazar ratas y ratones. Así que pensó que el gato en verdad lo podía ayudar.

Cuando el gato tuvo las cosas que había pedido, se puso las botas y se colgó el saco sobre el hombro.

Caminó hasta llegar a un matorral en donde había varios conejos. Llenó el saco de hierbas, luego se quedó quieto y esperó. Muy pronto, uno de los conejos se acercó a oler el saco y se metió en él.

Rápidamente, el gato cerró el saco.

Luego se fue al palacio y pidió hablar con el rey.

-Tome, su majestad -dijo el gato-, el Marqués de Carabás me pidió que le entregara a usted este conejo.

-Dile a tu amo -contestó el rey-, que se lo agradezco.

Al siguiente día, el Gato con Botas se escondió en un campo de trigo y dejó su saco abierto. Cazó dos perdices y se las llevó al rey. El rey recibió las perdices con mucho agrado.

Durante los siguientes meses el gato llevó al rey pequeños animales de caza para la comida.

Un día, mientras estaba en el palacio, el Gato con Botas se enteró de que el rey iba a salir de paseo por el río con su hija, la princesa más hermosa de todo el mundo.

El Gato con Botas corrió a casa y le dijo a su amo:

—Si sigues mi consejo, cambiará tu fortuna. Debes bañarte en el río, en el lugar que yo te indique. Yo haré el resto.

El amo hizo lo que el gato le aconsejó, aunque no sabía para qué.

Mientras el joven amo se bañaba, el rey y su hija pasaron por ahí. El Gato con Botas empezó a gritar con todas sus fuerzas.

-!Auxilio, auxilio! ¡El Marqués de Carabás se ahoga!

Cuando el rey oyó los gritos, miró hacia afuera del carruaje.
Después de reconocer al gato que le había llevado tan
deliciosos presentes, ordenó a sus guardias que ayudaran al
Marqués de Carabás, inmediatamente.

Mientras tanto, el Gato con Botas le contaba al rey que unos ladrones se habían llevado las finas ropas de su amo y lo habían aventado al río. Aunque en realidad había sido el mismo gato quien había escondido las viejas ropas de su amo debajo de una gran piedra.

El rey ordenó a sus guardias que fueran a traer del palacio uno de sus trajes más finos.

El amo del Gato con Botas era un joven muy apuesto.
Cuando la hermosa princesa vio lo bien que se veía con las
finas ropas de su padre, se enamoró de él al instante.

El rey pidió al Marqués que subiera al carruaje y los
acompañara en su paseo.

El Gato con Botas, encantado de que su plan funcionara se
adelantó. Cuando llegó al lugar donde unos campesinos
consechaban trigo, les dijo:

-Buenos campesinos, díganle al rey que este trigo pertenece
al Marqués de Carabás, o serán severamente castigados.

Cuando el rey pasó por ahí, preguntó a los campesinos:

—¿De quién es este campo?

—Pertenece al Marqués de Carabás —contestaron a coro.

—Tiene usted muy buenos campos —le dijo el rey al Marqués de Carabás.

El Gato con Botas se adelantó nuevamente al carruaje, y en cualquier lugar que veía gente que trabajaba en los campos, les hacía la misma advertencia. Y en cualquier lugar que el rey se detenía a preguntar el nombre del dueño de las tierras, escuchaba la misma respuesta.

—Nunca conocí a nadie que poseyera tantas tierras de cultivo como usted —le dijo el rey al Marqués.

Lo cierto es que la tierra realmente pertenecía a un rico ogro. El Gato con Botas se aseguró de averiguar acerca del ogro y de las cosas que podía hacer. Finalmente, el Gato fue al castillo del ogro y exigió hablar con el dueño.

El ogro recibió al Gato con Botas con tanta educación como era posible para un ogro, y le pidió que se sentara.

—Me han dicho —dijo el gato—, que usted se puede convertir en cualquier animal grande, por ejemplo, en un león o en un elefante.

—Eso es cierto —dijo el ogro—. Y para probarlo, me convertiré en un león.

El Gato con Botas se asustó tanto de tener un león enfrente que rápidamente trepó por la pared y se agarró de una alfarda.

Cuando el ogro regresó a su forma original, el Gato con Botas bajó y le dijo:

—También me han dicho que puede tomar la forma de animales tan pequeños como una rata o un ratón, y eso, ¡no lo puedo creer!

—Ya verás —contestó el ogro. Y se convirtió en un ratón. En un instante el Gato con Botas se lanzó sobre él y se lo comió.

Justo en ese momento, el Gato con Botas oyó el carruaje del rey pasar sobre el puente levadizo del castillo. Corrió hacia afuera y le dijo al rey:

—¡Su Majestad, bienvenido al castillo del Marqués de Carabás!

-¿Qué ha dicho? ¡Pero Marqués! -gritó el rey-. ¡También este hermoso castillo es suyo! Veámoslo por dentro, si usted está de acuerdo.

El Marqués le extendió la mano a la joven princesa y todos entraron. Adentro encontraron un magnífico banquete esperándolos. Eran las sobras del almuerzo del ogro.

El rey estuvo totalmente complacido con la comida y con el rico Marqués de Carabás. El rey dijo:

-Sólo tú podrás ser mi yerno.

El Marqués, con una reverencia, aceptó el honor y se casó con la princesa ese mismo día. El Gato con Botas se volvío un gran señor y correteó ratones como diversión, para siempre.